谨以此诗集献给我的母亲和祖父母

太阳王

TAI YANG WANG

杨大锐 著

黄河出版传媒集团
阳 光 出 版 社

图书在版编目（CIP）数据

太阳王 / 杨大锐著. — 银川：阳光出版社，2023.7
ISBN 978-7-5525-6840-0

Ⅰ.①太… Ⅱ.①杨… Ⅲ.①诗集－中国－当代 Ⅳ.① I227

中国国家版本馆CIP数据核字（2023）第114901号

太阳王 杨大锐 著

责任编辑 杨 皎
封面设计 李小芩
责任印制 岳建宁

黄河出版传媒集团
阳光出版社 出版发行

出 版 人 薛文斌
地　　址 宁夏银川市北京东路 139 号出版大厦（750001）
网　　址 http://www.ygchbs.com
网上书店 http://shop129132959.taobao.com
电子信箱 yangguangchubanshe@163.com
邮购电话 0951-5047283
经　　销 全国新华书店
印刷装订 青岛国彩印刷股份有限公司
印刷委托书号 （宁）0026385

开本 880mm × 1230mm 1/32
印张 5.75
字数 150 千字
版次 2023 年 7 月第 1 版
印次 2023 年 8 月第 1 次印刷
书号 ISBN 978-7-5525-6840-0
定价 58.00 元

序

自新文化运动以来，新诗的发展已过百年历程。众多的诗人为新诗的发展做出了艰辛的探索和实践，产生了大量的新诗作品，形成了各类流派。

百年只是历史长河中的一小段时间，新诗还处于探索阶段，远未成熟。当前内容晦涩、形式杂乱、忽视韵律的新诗充斥各类诗刊。内容晦涩者，如猜谜语，读者猜百遍千遍犹不能解开；形式杂乱者，如把普通的长句任意分成若干行；忽视韵律者，使人无法体会到诗歌应有的音韵美。此类新诗，除了几个圈内人士为其鼓吹、歌颂、赞叹，当今有多少人民群众真心喜欢新诗呢？

中华民族的复兴，离不开中华文化的复兴；中华文化的复兴，绕不过中华诗歌的复兴。如何写新诗？仍是众多诗人在思考的问题。百年之中，少数有远见卓识的诗人学者，对新诗如何以更适合中国国情的体式来抒发人民心声进行了探索尝试，如闻一多、臧克家、何其芳、林庚等，为后人提供了有益的借鉴。

2002—2005 年，笔者在中国海洋大学青岛鱼山校区攻读硕士研究生期间，面对新诗的现状，开始了对新诗变革的思考。鱼山校区美桐如盖，水杉如塔，引发了笔者无限的诗思。一多楼旁有闻一多先生像，多少晨昏曾徘徊其侧，深思诗之“三美”，有所得；读袁行霈教授的《中国诗歌艺术研究》，有所悟。经过多年诗歌创作实践，笔者认为，在诗歌的内容确定后，就应用形式来提升诗歌的美。形式包括一行诗的字数、诗歌韵律的和谐、整首诗的行数等。

对于诗歌的形式美，首先是一行诗的字数问题。近二十年间，笔者自觉进行新诗体式的尝试，包括八言诗、九言诗、十言诗、十一言诗等，经过长时间的思考探索，发现九言诗是非常符合我国诗歌发展规律的体式，因为它符合“一阴一阳之谓道”的阴阳哲学理论。句式内部阴阳平衡，是五言诗与七言诗成为我国近两千年来诗歌形式主流的主要原因。这个规律对新诗创作也有重要指导意义。九言诗，一行九个字，依据林庚先生发现的“半逗律”，九个字可分为前后两部分，或者是“五+四”结构，或者是“四+五”结构。“五”为奇数为阳，“四”为偶数为阴，这样一行之内是阴阳平衡的。

其次，一行诗的字数确定后，还要追求诗歌韵律的和谐。美学大师宗白华认为，诗的定义可以说是：“用一种美的文字……音律的绘画的文字表写人的情绪中的意境”。笔者认为，音律至少包含诗句末字的押韵和诗句内部的平仄。诗句末字的押韵，当今平仄通押是较合适的。至于平仄，“平上去入”四声的古汉语已经发生了重大变化，现在形成了“阴平、阳平、上声、去声” 四种音调。阴平、阳平舒展和缓，上声、去声急促有力。从现代汉语环境的实际出发，新诗创作者在诗句中应运用“新平仄”。“新平仄”中的“平”是指“阴平、阳平”；“新平仄”中的“仄”是指“上声、去声”。平仄如何排列才能做到韵律和谐呢？答案是诗句应做到有规律的平仄相间。诗句中有规律的平仄相间不但是古代诗歌最基本的特点，也应是新诗最基本的特点。韵律和谐的诗歌更易吟诵、记忆、传播，也必将得到广大人民群众的喜爱。

再次是确定整首诗歌的行数。古代绝句四行，律诗八行（排律除外），司空见惯的现象下隐含着数学规律。$4=2^2$，$8=2^3$，那么 2^4 是什么呢？16。非常简单，因为真理往往是简单的。十六行在当前是非常合适的，四行一节，共四节，符合大多数中国人的审美习惯。当然，精短的四行诗、八行诗、稍长一点的三十二行诗以及其他行数的诗歌也有待探索。

以上是笔者在总结诗歌历史规律和大量写作实践中产生的点滴感悟，也是选择大量创作九言十六行诗等现代九言诗的原因。

“星星之火，可以燎原。”符合历史规律、顺应时代潮流的事物必将蓬勃发展。诗歌亦如此。民族复兴之际，愿除新诗流弊，恢复诗之盛唐；愿中国的新诗在传承的基础上走出一条健康发展的道路;愿九言十六行诗能为至今因新诗创作而困惑的人们点亮一盏灯。

杨大锐

2019 年 4 月修改于青岛

目　录

正午蒲公英的金黄

大片来自神话的金黄
疯狂地铺满天地之间
圣贤的心已到达这里
任生命之美尽情呈现

还有什么色彩超过它
让人目眩神迷的金黄
还有什么比这更舒心
在天地之间无忧绽放

飞舞的蝴蝶流连忘返
把春光带入花影重重
博尔赫斯问孟加拉虎
是否因她而无地自容

宛若太阳的圆形花朵
内心的悲悯仁善之王
正是无与伦比的金黄
使天空不再郁郁神伤

春山鸟鸣

这是多么伟大的奇迹
与你相逢在有生之年
一切都如此精美绝伦
石桥古树涧水与重岩

仰望长发飘垂的云朵
行走在天际华美之域
青鸟飞下杳远的王宫
陪伴着我们欢歌热舞

当你依偎在我的肩头
我们的心已结束旅程
清泉洗尽内心的忧虑
幽静的山谷尽是空明

季风送来山间的礼物
旅行者醉于一片鸟鸣
梦中鸟儿催百花绽放
催你我乘风继续前行

山路黄昏

暮霭沉沉，山路蜿蜒
山路到底有多少转弯
转弯处崎岖还是平坦
这似乎是永久的谜团

山那边或许夜色更浓
亲人倚在村头的柴垛
紧盯着黑影下了山坡
走过身前，还不是我

山路飘来只只萤火虫
提着盏盏金色的灯笼
可是他们派出的使者
为何飞入幽深的草丛

有声音仿佛小儿呼唤
我振奋精神继续向前
林间的夜鸟扑棱双翅
蓦然间钩月已上群山

喜马拉雅山

无数云霞灿烂的云霞
列队向你的王国行进
激情如火的英雄儿女
渴望进入你神秘的心

古老的山河雄姿英发
奇花与异蕊竞相绽放
谁能无视这巍巍奇观
喜马拉雅山俯视八荒

他们在飓风的翅翼上
驰骋在辽阔的天地间
身后飞扬的金斗篷上
飘出团团五彩的火焰

请敞开你高大的天门
道路的风雨已经远去
雪山的金雕神采奕奕
为你带来万国的祝福

失独者的梦

昨夜你依然笑容灿烂
梦醒时分却泪水潸然
美好的人生戛然而止
你能否听到我的呼唤

阳光雨露，月色春风
已不能给我一丝慰藉
纵然有时能强作笑颜
却难找回内心的欢乐

朋友聚会时茫然无措
佳节庆典中默默远离
不敢轻言未来的路途
身边只是满屋的孤寂

夫妻相视，泪眼婆娑
无法说句安慰的言语
或许时光能抚平伤痛
难道只是家庭的痛楚

铭 记

因庄严圣地陡生敬畏
因长河落日无限悲慨
因一缕花香心驰神往
因阵阵清风走出雾霾

当旅途收到生日祝福
反思眼前点滴的欢乐
是谁在远方负重而行
把光明引至当前世界

碧海无垠，旭日初升
已然抚平大地的伤痛
一个微笑，一声呼唤
早无意间被深深感动

回忆先辈的绝笔壮歌
多少人脸上能无愧色
行走在茫茫人海的我
今生已铭记那些时刻

星雨

神秘的夜空落星如雨
你我的目光今夜相逢
我终于寻到梦中的你
夜空的焰火五彩纷呈

明澈的双眸情深意重
真让我的心兴奋不已
风神洒落的奇花异蕊
为你缀成五彩的新衣

当我亲吻你明净的额
美丽的双颊泛起绯红
远方可有相依的情侣
茫茫天地间仰视星空

即使坠落后不再上升
即使所有人把我遗忘
没有关系，因为那夜
我曾经为你灿烂辉煌

湖 畔

有时黄昏我突然到来
亦不能扰乱你的平静
温柔的风轻吻着湖面
幽蓝的湖水波澜不惊

睡莲早早地合上花瓣
浓妆已赴锦鲤的相约
痴痴的我站在湖水边
独自守候长长的夏夜

周围的一切徐徐入梦
星光落在湖上与林间
点点星光仿佛在惊羡
你的美丽竟如此不凡

走吧，夜色渐渐深沉
丑陋的我正悄悄远去
已穿过幽暗的栗树林
随淡月凉风走向归途

茉莉花

漫无目的我四处游走
夏日黄昏你悄悄绽放
啊，圣洁如梦的花朵
我愿给你一生的时光

白纱笼住娇小的蓓蕾
淡香来自似玉的花衣
这是你的光彩的流溢
这是你的恩泽的普施

远望多时而花房紧闭
我化为小虫轻叩槛窗
收纳我吧，我的主人
我生命中唯一的方向

花房之后，花房之前
从黎明，到夜晚——
当清露已降钩月西沉
我已经过了悠悠千年

崂山北九水

——与同学重游崂山北九水有感

一只碧凤蝶多么幸运
又一次飞临你的住所
秀美的奇峰白云缭绕
曲曲的九水荡起清波

你遗留在树叶的芬芳
已使一个人心神荡漾
更不消说顾盼的明眸
向他流露心中的梦想

宁静的山林槐花飘落
清澈的溪水彩蝶飞远
请不要此时匆匆返回
白云在天际从容舒卷

我怎能奢求时光驻足
你已给了丰厚的恩赐
唯不知千年能否化成
与你长相厮守的顽石

2005.05.28

回潍坊陪父母过春节有感

千佛山上看万千过客
黄海涛中听三两鸥鸣
匆匆远去了九载光阴
抖抖衣尘，踏上归程

昏昏夜色里彩灯飞雪
嬉笑喧哗中爆竹声声
旧恩难忘，故土难离
今日我终于踏上归程

长河明月，金戈铁马
古老的村庄云树重重
谁说冬季将记忆冰封
沉淀的往事重新翻涌

儿时的身影攀上枝头
飞鸟的新衣浅绿深红
与家人欢聚品茶饮酒
愿今生不再来去匆匆

2006.01.26

日月潭——半颗心

你为什么要离我而去
让完整的心从此残缺
夜风久久在庭院回旋
低吟与子偕老的诗歌

请帮我止住滚滚泪流
半颗心仍未回到身躯
秋风掠过黄河的水面
谁能抑住奔涌的苦楚

你可知道炎黄的夙愿
你可听到民族的怒吼
子孙共赏皎洁的海月
阴晴圆缺，生死相守

完整的心怎能有裂痕
北京南京，台北台南
黑色的眼睛声声呼唤
烟雨云霞中的日月潭

西 塘

穿行在曲曲烟雨长廊
愿你我今生再不分离
乌篷船缓缓摆离堤岸
空留许久不散的涟漪

素雅的青荷临风欲举
白衫的女子凭栏远望
红灯笼垂在古宅檐下
糯米酒飘出缕缕清香

梦幻交融的江南小镇
洗尽游子岁月的风尘
千年坚守的吴根越角
至今点化俗世的灵魂

踏上一弯石砌的拱桥
仿佛进入尘封的古国
你是否开始感觉陌生
当流水之上青桐花落

藐姑射之山

藐姑射之山碧海漂流
深情的凤鸟相约至此
你与我清晨携手同行
云霞灿烂，花影依依

四周绝美的海天一色
我的心儿已不在尘俗
古树婆娑，花香浓郁
有巨龟前来为你祝福

当我歌唱鱼群和海鸟
你露出了会心的笑容
啊，是谁温暖我的心
凝神专注任岁月匆匆

多想化作采蜜的蜂儿
为你呈献百花的甜蜜
多想再留一刻，可是
你乘上蓝鲸就要别离

勿忘国耻

因故步自封痛失机遇
因积贫积弱屡遭侵略
因军阀混战内耗多年
因国土沦丧浴血悲歌

当内心被深深地刺痛
还有敌人用心的险恶
渐渐迷失方向的人们
今天请记住那些时刻

圆明园内兀立的残垣
南京城下惨死的冤魂
黄海致远舰已然沉没
卢沟桥枪声耳际犹存

当肉体被无情地消灭
还有他国正以邻为壑
渐渐迷失方向的人们
今天请记住那些时刻

夏夜归来

夏日的夜空多么幽蓝
我们穿过村郊的小径
树影的长足久久不前
仿佛醉于此刻的安宁

虫儿歌唱静寂的夜晚
我们祝福鸣虫的爱情
明湖上的风轻抚堤岸
湖草的气息沾满衣领

慢慢来到自家的门前
一路上星辰提着小灯
我心中只是他的誓言
竟未觉出一丝丝微冷

黄月亮睁开蒙眬的眼
远远望着我们不作声
清辉流连在茉莉花间
忘了自己西去的行程

灰喜鹊

冬日的阳光告诉树林
寒风并不能吹走欢乐
灰喜鹊在树枝间跳跃
独自吟唱盛唐的诗歌

这是一位冬日的君王
君临冰封千里的王国
无边的衰草浑身瑟瑟
无法理解君王的寂寞

还要多久大地才苏醒
耕牛缓缓地走出村落
还要多久人们才想起
一位位诗人悄悄走过

冬日的阳光面容憔悴
日思夜想把春风迎接
灰喜鹊在树梢困倦了
飞下树梢又飞向原野

雪

素美的雪悄悄地降临
麦田一定有你的足迹
但愿我不要把你惊扰
所以走来时小心翼翼

袅袅炊烟升起在村庄
北国的长河紧裹冰衣
行行白杨已列队迎接
为大地带来惊喜的你

麻雀在灌木丛中发抖
抱怨冬天太多的寒气
风儿跑出风神的袖口
任性地驰骋尽情嬉戏

雪花飘落在我的耳际
却不肯告知你的消息
只得挪动麻木的双腿
翻过小土堆继续寻觅

夏日清泉

自岩隙间涌出的泉水
我驾舟其上缓缓前移
俯视红尾碧身的小鱼
游于宛若宝石的砂砾

不要追问它流向何处
阳光在其上晶莹闪烁
水边的花草分外妖娆
吸引远方的友人经过

松鼠说它在寻找松果
云雀说它在寻找彩云
而我在寻找我的内心
似泉水般澄澈的内心

历经多少个不眠之夜
才知晓你于何方等候
当离舟上岸蓦然回首
不由感激这世俗之舟

冬日山林

红黄的枫叶卷入风中
又一个黄昏悄悄逼近
枝头的残叶形单影只
无法阻拦冬雪的降临

幸运的人们匆匆走过
回自己的家享受温情
而他站在道路的中央
却无法交回你的使命

也许这一切无法改变
但谁能把这当作理由
火炉驱走四肢的寒冷
却难化开雪夜的忧愁

唯有一只孤独的山雀
伴他回忆枝头的绿荫
谁偶然遗落颗颗红果
无声地垂在冬日山林

渴

我们向你的国度前行
路上弥漫着滚滚尘烟
干枯的红柳形销骨立
不再期盼天空的闪电

步履疲惫，衣衫褴褛
我们是久已干渴的人
已逝去的清泉与明湖
为什么梦中如此逼真

井，大地凹陷的眼睛
在路边已经没有泪珠
依旧痴痴地仰望天空
天空只是飞扬的尘土

我们渴望黄昏的微雨
清清凉凉，点点滴滴
滋润无数委顿的身躯
和辽阔而枯黄的草地

西湖泛舟有感时事

烟柳低垂，碧荷高举
小舟划入优美的画图
纵然此时能心旷神怡
却依然难忘眼下时局

吹笛一曲我心付湖水
栏杆拍遍日夜望东南
日暮满江红里思武穆
月夜石灰吟中念于谦

喜见渔政船巡钓鱼岛
又闻海南省设三沙市
整军备战，扬威海上
看他列强还敢再相欺

国之积蓄，民之苦乐
马周的谏言史书犹存
如何能筑起铜墙铁壁
只有中华十四亿人民

2012.06.25

梦

仿佛婴儿脸上的微笑
红色的朝阳浮出碧海
欢乐温馨的一次归程
我看到你从对面走来

这是沉入梦乡的港湾
岸边泊着空空的渔船
困倦的海胆合上双眼
紫贻贝忆起旧时的帆

这是夜空群星的光芒
闪闪如你发间的饰物
天地一片亲切的清辉
仿佛我在久别的故土

庭前的石榴树无花果
那儿多情的夜风依旧
那儿祖母的身影依旧
我却忍不住满面泪流

漫步海边

沧海解不开满腹愁结
谁能得到一生的欢乐
因为一些恼人的琐事
误了为你祝福的时刻

已被暮色笼罩的港湾
泊着误了行期的客船
愧疚的我躲避着行人
独自走过细软的沙滩

栈桥伸入幽深的大海
如卜师正在探知未来
岸上的高楼灯光闪烁
映亮忧思重重的水波

因为一些恼人的琐事
误了为你祝福的时刻
我断然舍弃区区旧我
唱起赞歌在茫茫夜色

阳光

墙壁之前煦暖的阳光
株株刺槐静立的风姿
世间难得相遇的安宁
令我忘了时光的流逝

多么幸运我见到了你
在不引人注意的角落
村庄的乡亲纷纷跑来
我们在一起欢呼雀跃

圣洁的白鸽翩翩飞舞
海上的风带来了祥云
此刻是多么与众不同
竟全然不知到了黄昏

一轮钩月催促你返回
我们祈祷你不要远离
人生还会有什么迷惑
只要你与我们在一起

诗 神

多少次我试图接近你
都不能呈献我的诗歌
为何你轻轻转过身去
无数白云失去了欢乐

严肃的你屡次拒绝我
却躲在暗中仔细倾听
你使我心中充满激情
却隐去你行走的路径

我时时探索你的奥秘
曾在歧路中陷入昏迷
若干国度的奇风异俗
已不能令我似醉如痴

曾使人困苦和愚昧的
曾使人痛心与迷惘的
醒悟吧，真正的诗歌
是美丽衣衫下的美德

蝴蝶背上

蝴蝶背上，相依而坐
两侧的白云意气风发
柳莺飞入风儿的长袖
要随我们一起到天涯

仙女抛撒缤纷的花朵
徐徐缀满阔大的蝶翅
你的微笑如郁郁黄花
为世界带来重重惊喜

草原的牧童仰望天空
他们从星球之外来吗
如此陌生又好似相识
可是曾经听过的童话

因你痴醉的青青草木
感叹爱情竟如此神奇
十指相扣越湖山海岛
即使千万年素心不移

我爱天空

我爱天空，我爱流云
我爱东方海上的清风
因为你的温馨与宁静
因为你的爱怜与真诚

天地因你而尽情舒展
太阳此刻已喷薄而出
谁还未察觉你的到来
生命之泉仍困于幽谷

被黑暗吞噬的河流啊
曾多么渴望你的光明
可是谁留意它的伤痛
唯有灌丛藏匿的鹪莺

我爱天空，我爱流云
我爱东方海上的清风
那儿没有无奈和叹息
那儿没有孤独和凄冷

怀祖父

即使乌云遮住了太阳
我眼中仍有一缕阳光
那是来自祖父的笑容
从旧居从果园从麦场

常想起儿时西窗暖语
仍记得小院少年轻狂
山河险阻且从容跨越
怎能愧对先人的期望

任霜飞露降鸟叹云愁
虽是暮秋又何须惆怅
君不见虎虎志士豪杰
秋风怒卷，红叶满江

君子弘毅，志存高远
声声劝勉我怎敢遗忘
深邃的夜空群星灿烂
其中必有殷切的目光

记一位苦命的亲戚

你是否觉得心愿了结
便在阳光中悄然离去
你已为后人留下希望
苦累的一生没有虚度

金色的麦田一声长叹
丰收的场院少了一人
跛足的人儿不再前行
路边的杨树满是泪痕

安息吧，你已太累了
为了子女而忍辱负重
努力支撑贫困的家庭
此时不要再忧心伤痛

离去多像乘公共汽车
你挤坐车中昏昏睡去
当公共汽车驶过身边
我只能挥手为你祝福

你的日月，我的湖

请将日月带来湖上吧
它们是我今生的期待
焦急的水柱翘首张望
等候的山林左右摇摆

请驱除我上空的阴霾
将光辉洒遍粼粼水面
使心忘却昨日的伤悲
憔悴的人儿重现娇颜

请将日月带来湖上吧
翠峰之上，群壑之间
我的云使已列队迎接
荡来的薄雾如梦如幻

烟霞绚烂，徐徐升起
美妙的时光即将到来
日光月影中尽情欢唱
让你我追寻终生的爱

沙滩

晨昏守在细软的沙滩
请你留下甜蜜的吻痕
时间已过你迟迟未到
远处飘来抑郁的白云

海风劝说多情的堤岸
忘却那艘远去的渔船
疲惫的游客早已休息
痴痴的我却难以入眠

片片石莼在沙中干竭
任风吹日晒无人采拾
海鸥仍没有你的消息
绝望的贝壳歇斯底里

静海微波，涛声鱼影
我何时进入你的梦里
世间美景有什么意义
如不能与你一生相依

钩月西流

金黄的钩月印在夜空
宛如你柔软芬芳的唇
静谧的夜晚独坐高楼
忽然听到悠扬的笛音

回想多少年举杯对月
收集朗照古今的月光
在吴越的泛泛流水中
在燕赵的莽莽原野上

今晚月色如层层花瓣
绽放在我的幽幽梦中
夜色沉沉我独自发问
天池边可有你的寝宫

余音萦绕在天地之间
寂寞的寒星怎能入眠
清晨总有匆匆的人们
无视云端远去的车轮

星光的脊背

当我骑上星光的脊背
宇宙的门扉轰然开启
空灵的音乐滋润我心
仙女吹奏紫玉的长笛

夸父的长足越过乌云
炯炯的目光坚定不移
无际的星海寒风阵阵
银河游走送信的金鲤

天涯海角，多少光年
我终于闻到你的气息
星光徘徊在你的门前
欢声笑语仍响在耳际

夸父化成碧绿的邓林
泪水已是潺潺的小溪
纵然万年我怎能掩饰
眉目之间不尽的忧思

黄昏情歌

我们在草地相依而坐
进入黄昏淡淡的余晖
两只碧凤蝶翩翩飞过
多像两颗心紧紧相随

轻风吹动羞涩的黄花
你的目光请不要飘移
葱绿的远山呼唤晚霞
无法掩饰如火的情思

树林拥抱迷人的黄昏
唇际眉梢有多少吻痕
喜悦的花儿倾尽芳馨
盛装迎接月光的降临

啊，你是永久的光明
即使黑暗把万物遮蔽
蝉儿倦了对你的赞歌
而我的祝福永不止息

夜中的海岛

古老的海岛水波荡漾
你在其中已有多少年
肆意的乌贼黑墨喷涌
我看到你忧郁的双眼

多情的龙女轻敲珊瑚
九色的鲸鱼应声而来
骑上鲸鱼，乘风破浪
吞寒星浮上万顷碧海

消瘦的海岛梦境恍惚
海中尽是飘展的龙旗
虚幻的景物一闪而过
唯有海水与夜空相依

玉笛紫箫吹暗千轮月
海岛的泪水流下双颊
何时游来忠勇的海龟
把你我驮回温暖的家

黄月亮

明黄暗绿，深红浅褐
白昼的树林色彩斑斓
夜风与水草悄悄私语
孤寂的人儿彻夜难眠

世上唯一的黄月亮啊
你是否听到我的呼唤
让一叶小舟满载温柔
迎接你在平静的湖面

阴云飘过，夜鸟低鸣
未曾寻得嫦娥的踪迹
直到树林间暗香浮动
恍惚中进入你的气息

月光湖水不尽的相思
不要说什么黎明将至
今生再聚是多么遥远
今晚相逢要好好珍惜

海上时光

静海微波，珊瑚皓月
一叶小舟随夜色漂泊
这是还原自己的时刻
王图霸业外真实的我

此生喜欢海上的清风
古琴长剑悠悠度百年
纵然所有人都不理解
何妨自己遨游天地间

聪慧的鸥鸟已知我心
娇媚的龙女与父辞别
友善的燕鳐飞出海面
为这段时光欢呼雀跃

在舟内与你并肩而坐
任日夜交替寒暑往来
愿归时不会怅然若失
活成自己充实又精彩

你不在我身边

光明的使者不在身边
抛开书卷，登楼望远
何时你占据我的内心
何时你成为悲喜之源

多想一个平常的夜晚
你我依偎着倾诉衷肠
多想一条窄窄的小径
彼此注视着缓行低唱

夜色寂寥我泪水潸然
谁能剪断长长的思念
木槿丛中，合欢树下
清凉夏日幽幽院落间

多想闻你秀发的清香
任凭时光在身后流淌
多想共坐窗前的花间
溶于一片皎皎的月光

暴雨夜

无边的夜色更加浓重
迅猛的风扑打玻璃窗
如何度过漫长的夜晚
室内的灯光渐渐昏黄

一片粉红或一片银白
电母额头的青筋暴起
隆隆的战车奔驰征伐
肆意冲击惊恐的人世

怯懦的树木随风摇摆
愠怒的夜空长鞭噼啪
星海幽灵一声声恶笑
天河的黑水决堤而下

禾苗横卧狼藉的田野
诅咒未知的毁灭之师
树林的夜鸟鸣声凄厉
多少窝巢被暴雨淋湿

夏日乡村的午后

觅食的燕儿一闪而过
它想飞出这颗蓝宝石
女孩扯下垂落的云丝
缠绕发间，追寻嬉戏

热气团沿地平线疾驰
平静的草丛大吃一惊
它们惧怕突然的大雨
驱走无比喜爱的蜻蜓

黄牛悠闲地迈下山坡
阳光大片地布满泥径
行人坐在凉爽的树阴
未曾留意天际的流星

睡醒的幼儿寻找母亲
曲曲儿歌，一往情深
红色屋脊踱步的白鸽
犹如俯瞰世界的诗人

雨（其一）

雨，带来大洋的消息
那儿依旧是风平浪静
雨，带来家乡的书信
署名的是海燕和海星

雨，真让我感觉欣慰
竭力冲刷心灵的羞耻
让千万人群悔过自新
生活在清凉的空气里

祝福来自大洋的使者
诗人踱步在青石小径
树叶轻抚湿润的面颊
仿佛被她吸引而安宁

急急促促，舒舒缓缓
敲打饱含激情的心室
进入星球深邃的思想
隐于世界大同的梦里

雨（其二）

赞美这无穷的力量吧
包含多少仁爱与威严
义无反顾，从天而降
倾力汇集到海阔江宽

尽数冲刷世间的污秽
愚痴顽固，嫉妒无明
高原露出海燕蚌化石
峡谷向茫茫虚空致敬

冲刷之后，阳光灿烂
世界仿佛透明的蓝蛋
裹着村落和各色蝴蝶
还有绵延千里的群山

冲刷之后，圣哲欢笑
心灵的翳点全部消失
田中的作物疯狂生长
在河流两侧自由呼吸

夜神

夜神披上黑色的长袍
纵马奔驰在天地之间
没有人知道他的到来
银河只是远去的风帆

独自飞临万丈的山峰
却不能引领众人攀登
洞箫吹尽千古的哀愁
星落霜飞，月寒露冷

或许自己走得太匆忙
未曾留下路途的标记
他们误入可怕的歧途
何时踏上圣洁的土地

有伤心客躲进图书馆
拂去书尘，回忆爱情
秋月徘徊在紫藤长廊
多少只蟋蟀因你而鸣

迷人的夏日黄昏

淡月黄昏中团团烟柳
粼粼碧水边几处蝉嘶
来自江河清爽的风啊
此时与暮霭如约而至

困倦的睡莲闭合双眼
莲房由红绿转至青白
微雨润湿湖面的石桥
有窈窕女子撑伞走来

桂花未开，酒香已浓
江山画影在英雄梦里
美女兰舟划入芦苇丛
蛙鸣深处有水鸟相依

蓦然回首远岸的灯光
宛若置身于九重天外
且让有情人乘风而去
把喧嚣尘世尽情忘怀

相见

远方的三塔醉于夕照
祥云映入运河的水波
可否相约低飞的水鸟
千年之后仍相依而坐

但愿我们能穿越时空
相拥共赏小城的日落
人生还会有什么烦恼
当有情人都未曾错过

感谢苍天今生又相见
酸辛忘却，只留欢喜
可曾知晓岛上的黄昏
谁临风感叹怅然若失

茫茫天色，郁郁我心
千万雨珠落下香樟树
恰似心中的千言万语
今夜要一一与你倾吐

峡谷

云中的明月指引我们
穿过隐藏智慧的群山
庄严的宫殿终会到达
生命的荣光必将闪现

赭红的岩石被风撕裂
峡谷的心仍隐隐作痛
孤独的苍鹰高空盘旋
忽然以闪电之姿俯冲

峡谷的河流阴沉抑郁
阴森的古迹陈列沿途
青铜立人的目光炯炯
几只蜥蜴从蛋中孵出

古今的寂寥凝固于此
青灰色页岩残存字迹
蚁群爬上祖父的额头
它们向智者表达敬意

小树林

欢乐的鸟群飞入其中
探望这些久别的兄弟
他们每一位温文尔雅
高矮不均却亲密如一

这是榆槐杨柳的家园
这是孩童心中的乐土
没有压迫侮辱的历史
更无嫉妒仇恨的悲剧

树林向往高远的天空
向上的过程齐心协力
修长的枝干飘飘欲举
绕过的河流啧啧称奇

清澈的阳光倾泻其中
五彩的蝴蝶翩翩起舞
叶片闪着金色的光芒
像块块晶莹的祖母绿

槐荫清凉

远离喧闹纷繁的集市
走进槐荫清凉的街道
一时间我竟不知所措
当你的双颊涌上红潮

黑色的星眸熠熠闪光
不能掩饰如火的激情
鸟群落在树枝的高处
为阳光与真爱而啼鸣

岁月成全了多少情侣
时光酿制了多少甘醪
蝴蝶嘲弄无聊的思索
催我与清风一起奔跑

你或许不知我的心愿
风霜雨雪，陪伴一生
天空的云朵时时改变
而唯有你与真理永恒

泰山颂歌

当今之世舍我其谁也
飒飒雄风，万壑山松
秦皇汉武，诗仙诗圣
谁不因你而壮志满胸

脚踏群山，手摘彩云
天街之上我大呼而过
故意问询沉睡的天君
千年了你我多少蹉跎

仙人桥上无尘俗之鸟
爱身崖侧有仁爱之风
瞻鲁台前远眺者何人
无字碑中是谁的遗梦

东海的朝阳气势磅礴
沉沉的夜色一扫而空
当今之世舍我其谁也
问世上何人来比轻重

太阳王

太阳王开始新的征程
肩上的青蛇俯视群山
啊，世界永恒的荣耀
碧海为你升起了白帆

清纯的仙女神采奕奕
踏上红云紧紧追随你
察看沿途的城镇村庄
随手撒播仁爱的种子

其实你知晓路途艰险
却义无反顾喷吐火焰
无暇思虑渐增的白发
一心将整个星球温暖

目光坚毅，勇往直前
伟大的英雄披坚执锐
奋力击退入侵的黑暗
为万物迎来灿烂霞辉

夏夜的桨声

金黄的月亮涌上云端
举杯庆祝崭新的时代
夏夜的鸣虫尽情歌唱
因为此刻你悄然到来

邀请我分享你的欢乐
我闻到你清淡的体香
云朵在夜空时时变幻
我们划桨在幽幽河上

随风进入美妙的时光
用整个身心将你感知
岸上的花灯映着我们
皓月星辰似虚幻不实

啊，今生快乐的源头
不知如何使夏夜延长
将我的祝福沾满月光
轻轻地放入你的心房

海边的秋英花

光与爱共同充盈世界
与你在其中多么幸运
浅红淡紫，妩媚摇曳
暖阳下难辨是秋是春

生死相守古老的沧海
此生绽放得美艳绝伦
当我们历经风尘万里
返回堤岸已暮色昏昏

潮水复来，潮音又至
一去不回唯爱恨欢忧
风中蕴蓄不尽的情意
灿灿秋英是你的美眸

请莫笑痴人醉卧花间
唯有洞悉我心的星斗
相陪度过寂寥的长夜
回忆时不禁泪水难收

选择

因我挣脱白昼的引诱
所以在夜晚得到安眠
月光中为你唱起赞歌
献上人间最美的诗篇

皎皎明月宁静的时光
来自星海深处的呼唤
这是内心真正的需求
胜过金光四射的王冠

当我老了，白发苍苍
坐在轮椅中打着哈欠
我的心情会无比舒畅
因你在我的诗中再现

在浩瀚无垠的宇宙中
是谁无视生命的偶然
仍沉浸在万千幻象中
有人已潜入你的花园

夏夜的幻想

土星的红鸟飞越短墙
在光与影中举杯畅饮
无数云朵滞留在夜空
无法抵达欢乐的森林

紫荆红过，石榴红过
谁和我一起遥望远方
行星多像井底的青蛙
无法理解宇宙的光芒

夜空充满天才的幻想
缓缓飘来异域的明灯
不知开创怎样的未来
且让激情在夏夜萌生

我们就从现在开始吧
仿佛陷入情网的昆虫
漫长的夏季纵情放歌
把每个晨昏挥手相送

秋日的天空

云朵玩疯了，在广场
隐藏无数美梦的东方
如果秋日你仰望天空
心灵之花会悄然绽放

这是多么伟大的象征
红日向高山掷下飞篷
当我穿过森林和旷谷
天空中更似万马奔腾

饮尽葡萄酒仰卧花间
在云的乐土纵马驰骋
恢宏辽阔，清虚幽远
群雁南飞梦与梦相逢

耸峙的山峰枫林似火
它也不能挽留住时光
忘忧水前，风车转动
云朵隐去，只是苍凉

海上黄昏

沧海盛开娇艳的花朵
天空献上绮丽的锦带
岸上的松林仰首张望
你给予它们多少欢爱

即使愚顽无比也不会
无视你将远去的身影
无视虚幻迷人的霞辉
映亮依依不舍的浮冰

花朵啊不要匆匆滑落
多情的海岛红晕满颊
面对黄昏远去的仙子
落霞里有人潸然泪下

这绝不是无奈的分离
你去分享夜晚的安宁
这绝不是无情的逝去
碧海正悄悄孕育黎明

冬 天

冬天你和我一起思考
雪飞雪落，风起风停
愿时光如此悄悄逝去
我们深入众草与繁星

是何时风起幽幽碧海
是何时雪落郁郁孤山
旋舞的风雪一定懂得
生命中的静默与安然

今年的冬天早早来临
雪花落在红色的砖墙
落在炊烟升起的小屋
落在起伏的丘陵之上

萧萧旷野，风雪村落
朋友发来祝福的短信
油然想起童年的雪夜
在玻璃窗后思念母亲

胶南的雪夜

漫天的玉蝶为谁飞舞
带来世间无数诗与梦
喜乐与哀愁被人遗忘
昏昏的夜色万籁无声

人们避开海上的飓风
回到安谧的村落之中
林间偶有野兔的行迹
明亮的窗内人影憧憧

素衣飘舞雪落甜水河
白浪翻涌月隐灵山岛
小城披上白色的婚纱
我进入她的回眸浅笑

胶南的雪夜如此平静
平静得让人略感忧伤
我多怕她转瞬间消逝
仿佛一缕淡淡的花香

海边小镇

今天洗尽三十年风尘
千山万水，相约小镇
中间经过了多少蹉跎
你为我拭去滴滴泪痕

林荫道上青青的叶片
宛如首首宋朝的小令
前方的碧海吸引我们
就这样并肩缓缓而行

海岛隐于虚渺的薄雾
少女走出郁郁的花园
一对情侣在海边漫步
相依相偎，浪白沙软

啊，人生永远的指引
包含多少美德与真爱
沉默的昙花今夜盛开
只为有缘人曾经沧海

溪谷钟声

清冽的山泉婉转而下
一侧的怪石耸入云霄
云影里钟声悠悠远逝
问庄生正在何处逍遥

明净的天空并无人影
走过青苔遍布的石桥
梦中的景象今日重现
桃林深处你拈花微笑

当山阻水隔且行且远
鱼儿早已相忘于江湖
青鸟飞上遒劲的古藤
倾听天地温情的话语

何时能断却情丝万缕
伴皓月清风长守溪谷
抛眼前身后千般烦恼
不负此生短暂的旅途

云 车

你从神秘的天域降临
将我接上绚丽的云车
古时的青鸟比翼飞来
无忧的碧海扬起清波

你指引我以灿灿金光
天地间豁然澄明似镜
经历了多日阴沉晦暗
庆幸迎来美好的晚晴

因何困惑于人情冷暖
迷失自我又苦苦纠缠
因何为琐事斤斤计较
却不来一睹你的笑颜

降落东方彩色的虹桥
清风吹散眼前的薄雾
愿桥更长，愿桥更长
让你我今生再多相聚

乡村回忆

你悄然离去的岁月里
多少晨昏我静思未来
走在多次同行的小径
有时欢笑，有时感慨

抬头仰望明净的天空
树叶闪映着你的荣光
伸出树冠一侧的树枝
仿佛你为我指明方向

你悄然离去的岁月里
榆柳依然坚守在村庄
蝴蝶飞入青黄的麦地
察看田园丰收的景象

你悄然离去的岁月里
多少晨昏我回忆从前
却不知何日再能与你
登上高岭，同望远山

村居晨起

感谢无名的山中鸟雀
把初夏的梦带给我们
感谢朝阳的万道金光
抚慰多少饥渴的灵魂

登上山中绝美的高处
那儿远离世俗的纷争
村落上空袅袅的炊烟
飘飘荡荡消散于微风

崭新的开始激情四溢
你我在林中欢呼雀跃
樱桃树上已硕果累累
清凉的涧水淙淙流过

恳请您直视我的眼睛
察觉我的心是否真诚
也许山河会面目全非
削夺我的爱已不可能

瑶池美景

今又驾六龙宝车而来
遥见瑶池中瑞气蒸腾
一尘不染，丝毫未变
桃花依旧摇曳于春风

五彩的海子晶莹剔透
宛如硕大华美的宝石
春林染绿，冰瀑渐消
完美的天地如此神奇

你款款走在茵茵草地
天籁之音来自昆仑山
裙裾舞动在水波之上
凤鸟清歌于烂漫花间

天地氤氲，山色空蒙
长笛一曲表我心倾慕
仙鹤飞向橙红的落日
黄羊静静地走在归途

你的呼唤（其一）

我仿佛听到你的呼唤
当惊喜的我欢声应答
密布的阴云顿时消匿
此时自己更意气风发

穿短裙的你飘然而至
白皙的脸上泛起绯红
仍记得路旁繁花满树
锅贴小店正在营业中

当淡淡夕晖笼罩小城
可知我已过万水千山
当行走直到繁星点点
宛若你依然在我身边

仍听到你柔声的呼唤
任韶光似水匆匆流逝
那个饱含爱意的声音
时隔久远但犹如昨日

你的呼唤（其二）

终于又听到你的呼唤
声音柔美，穿越时空
此时的岛城愈加明丽
不期而遇时宛若梦中

忆起明月小楼的灯光
与你相对的轻松喜悦
淡淡花香中长裙秀发
皎皎明月下明眸笑靥

雁荡山中，西湖水上
难忘回眸处风情万种
多少次独对影像佳人
愿如书所载感而遂通

终于又听到你的呼唤
恰似人生不尽的欢歌
琴音未断，海潮依旧
暂让两颗心在此停泊

雨 季

大片乌云裹卷着白云
覆压青色涂染的群山
滚动奔腾，向西而去
毫不怜惜海上的帆船

白云闪动晶莹的亮色
如同花季少女的肌肤
乌云承载深沉的智慧
带来无限凉意的中雨

礼赞吧！厚重的云层
幻想的天空波澜壮阔
若干国度的人民欢庆
雨季将来的崭新生活

朴树与栾树的枝叶上
依旧贮存深深的爱意
当我们走过青石小径
树枝摇落精美的雨滴

鲜奶吧

无法忘怀的缕缕奶香
脑海闪现优雅的影像
她正头戴白色消毒帽
有顾客请她温奶品尝

无比漫长的异国之秋
正把相思者日夜煎熬
短促的诗行尤显笨拙
无法形容甜美的微笑

黄昏我会前往鲜奶吧
买杯色味俱佳的鲜奶
温奶时静立旁边等待
竟从未感觉如此欢快

温奶的时间一闪而过
美眸中似乎也有无奈
异国的晚秋凉意袭人
你可知我将为你归来

冬雪中的青岛小巷

无数远方星辰的使者
化成雪花来探视我们
无声地落在石墙树干
不经意间留下了吻痕

曾记得在此与你相逢
而今大雪中独自驻足
小巷尽头似乎又传来
抛掷雪球的欢声笑语

她的美让人屏住呼吸
她的美让人屏住呼吸
海上的寒风偶尔吹过
仿佛提醒十年已流逝

感谢纯洁无私的使者
由她们带去我的祝福
耐冬的红花俏立枝头
深情注视岛城的天宇

深秋的湖

远山环绕的一泓秋水
仿佛天地明澈的内心
静默中映出世相纷杂
树影朦胧，碧水粼粼

一只彩蝶圣洁而高贵
独自在湖面缓缓低飞
多像草丛漫步的诗人
在山水间表达爱与美

湖岸金色的芦穗低垂
模仿岸边静修的垂柳
湖中观照天空与自我
又如鸥鸟无虑也无忧

当我们返回穿过树林
相逢小阿妹手牵皮绳
身后是来饮水的驴儿
它的两眼就像两颗星

桂花印象

数丛丹桂依偎潭水边
小城的秋日愈加高远
徘徊水月亭独望故乡
一路向西已过万重山

娇嫩的蓓蕾花香馥郁
其中有你醉人的气息
热心的晚风带来祝福
在我们身侧缓缓前移

还记得花瓣飘落发间
粉色橙色晚霞的颜色
树上的星辰陪伴我们
并肩而坐，唱起情歌

曾经的美景不愿提及
雪漫昆仑，云塞秦岭
何时洗尽满身的尘垢
相约漫步于花香月影

崂山紫霞

松与柏竞相探出石隙
山径中群鸟一路欢唱
青青的草木无拘无束
它是我们由衷的向往

山舒水缓，云隔路断
恍然间不知身在何处
奇石碧草间携手相依
在星与月陪伴的旅途

共寻梦中的紫霞甘露
谁还在意中途的困顿
当掬饮一泓太乙泉水
忽感念山河厚载之恩

云雾飘荡在翠谷群山
时而被五彩日光驱散
登顶难忘你嫣然一笑
海天一色中螺舟点点

大草原

终不可冰封的是思念
是对茫茫草原的思念
天高云淡处雄鹰展翅
你和我骑马奔向远山

荒云碧草间默默无言
只为你轻轻拭去泪痕
对花同饮一杯马奶酒
流水钩月奏起马头琴

八百年后已无法知晓
大汗为何会从此西进
可是因为天际的丽人
还是无法制服的内心

当中夜收到你的微信
天气转冷请注意添衣
岛城的我又仿佛闻到
碱草针茅苜蓿的气息

初冬的山村

漠漠的阴云飘过天际
途经贮满相思的大海
静寂的山村树木萧疏
期求瑞雪能准时到来

农妇收拾过冬的木柴
黄牛反刍甘甜的草料
怀念山谷夏日的时光
田菁绿苋苜蓿鸡眼草

对面山坡上墓冢累累
祖先们护佑后代子孙
一生不遇战火与荒灾
度百年而去尽享天伦

那些欢喜雀跃的儿童
仿佛接到雪人的书信
拖拉机草垛石磨母羊
一起迎接雪花的降临

山谷之夜

银河在山谷上空流泻
晶莹如你发间的饰物
红色的岩柱矗立谷中
静静陪我们留宿中途

光芒来自远古的时空
映入旅人寂寥的双眼
若干年前曾有人叩问
此时应后退还是向前

一团篝火，万点星空
千年时光像在此凝滞
今生我要献给你什么
黄金宝玉你并不稀奇

唯有千年不朽的诗句
饱含爱意且光芒闪烁
宛若星辰指引我前行
任满路荆棘也不退缩

美人西去

西移的星在庭院驻足
蟋蟀正吟唱离别之歌
异域的黑纱遮住脸庞
趁夜色美人已过黄河

壮士痛饮千年的陈酿
脆弱的情花此刻凋零
……被风吹走的圆月
在何地上空放射光明

穿过龟慈国的古隘口
兀立的石人遥望故乡
青铜剑上的斑驳锈迹
多少人为此泪落神伤

远处涌来碧海的微波
巨轮载满稀奇的珍宝
甲板迎风而立的人啊
你又在梦中把我煎熬

春日小河

春日的小河活泼生动
乌黑的蝌蚪东游西荡
阳光在河岸停留许久
它沉浸于花草的芬芳

你从林地的小径走来
一路蒲公英尽情绽放
纵使若干年后的黄昏
仍记得你骄傲的模样

这次一定要长相厮守
同把相爱的歌儿高唱
飘过的白云一定懂得
生命短暂，何须掩藏

鱼游鱼戏，蛙鸣鸟鸣
今日共融于一段春光
春天的梦平和而绚丽
中间竟没有一缕忧伤

林间晨光

森林的小路罕有人至
青石上你已留下足印
虽未听到往昔的笑语
但你仍暗中时时指引

你已完全占据我的心
充实宁静又光辉普照
感谢由你带来的快乐
使林间草木青春不老

你的手指所指向之地
即使尘土也放射光芒
蕴含丰富的生命之美
尽日随溪水汩汩流淌

我以前是如何地惧怕
怕不能与你长相厮守
现已明白你隐身何处
淡淡晨辉中喜上眉头

山谷秋泉

清清泉水流过金银花
流向一侧郁郁黑松林
马陆攀上水中的卵石
静静聆听泉水的声音

清清泉水流过野百合
纯真的少女轻摇手臂
为它送行，为它祝福
带着她的梦远行万里

彩蝶飞下浓密的树梢
红枣探出两边的石壁
水面的白云变幻无穷
竟使它们都惊奇不已

当泉水千折百回而去
谁的双眼中满是寂寥
山顶的巨石俯瞰世间
忆起一声声天荒地老

饮马长河

彩蝶青鸟，碧草红花
马儿饮水在寂静河滩
回想一幕幕驰骋万里
夜阑人静时正过千山

你一定在小城中等我
伴着我们的春花秋月
若干年前你曾答应我
让我的生命充满欢乐

一丛翠绿蓬勃的水草
难忘红蜻蜓点水之姿
小鱼游出青色的卵石
马儿的眼中露出惊喜

轻轻摇动颈上的铜铃
跑离河岸又步步回头
我们还有很多路要走
我们还有很多路要走

彩色山谷

暮秋的山谷激情似火
向天空献上丰富的美
银杏乌桕，火炬青枫
大片的红黄令人痴醉

飘飘落叶随流水而去
宛若探寻梦中的私密
煦暖的阳光倾泻石上
又怎会觉察物换星移

从树冠中飞出的鸟雀
是否也因它流连忘返
云上几声清脆的鸟啼
仿佛歌唱真爱的本源

当徐徐走在水侧林边
向你言说内心的欢喜
你可知晓满山的嘉木
飘落的都是首首情诗

巨峰[1]新月

终于登上奇美的巨峰
当一弯新月浮上夜空
天地愈广，山海愈阔
绝美的风景恍若梦中

此时望不见海上烟波
唯有你的耳语与气息
仿佛穿过悠长的岁月
悄悄地进入我的心底

月下的松涛王维赋诗
幽深的道观疏桐弄影
一切又怎比你的恩赐
为我高悬璀璨的星灯

美酒三杯上月宫骑鹤
古琴一曲入海岛扬帆
愿今生今世与你相伴
任山间一夜或是千年

① 巨峰：山东青岛崂山的主峰。

海边月夜

群星在海的上空迁徙
今夜与月光倾诉衷肠
檀香袅袅，醉眼蒙蒙
世界何曾因你而感伤

月亮的触须伸入窗内
轻翻布满尘埃的画册
庭前盛放的茉莉花丛
也想知晓其中的喜乐

窗外的夜空悠远深邃
驶出海湾的游轮已远
如一个梦想美妙绝伦
带走儿时不尽的呼唤

风与大地，石像与海
都于夜色中渐渐融合
小小的房间倍觉寂寥
远眺凝思中对酒当歌

珠山①仙境

玉兔灵龟，巨鳄仙猿
漫步于奇峰秀岭之中
飘荡的云雾包裹我们
再次感觉你与众不同

溪水潺潺，林鸟鸣啭
阳光倾听彼此的相思
无须提及道路的艰辛
只在清风明月中相依

愿化为树林一缕微风
昼夜中缠绕你的发髻
融入世间的至美纯真
烟霞中忘却何月何时

朵朵幽兰绽放在溪边
团团紫气升腾于古寺
岁月流光中唯你永恒
桃花点点若首首情诗

---

① 珠山：指青岛西海岸新区境内大珠山，下同。

沙湖明月

浩荡的黄河东去千年
深情不忘唯有贺兰山
露重风急我昼夜西来
西来只为我们的誓言

塞外格桑花愈加明艳
北风摇动万顷的芦苇
白昼鹤飞，月夜沙鸣
今夜对沙湖再饮一杯

两峰骆驼已眯起双眼
篝火渐凉，月更空明
天下的旅人可否同心
了却尘沙漫漫故园情

再歌一曲，再歌一曲
你的美让人无法忘怀
遥望月中窈窕的身姿
山河可经起千年期待

河床秋韵

史前的巨石阻挡其中
流水从一侧轻松绕过
调皮的儿童躲藏跳跃
小石块击起水花朵朵

巨大的蚌壳露出泥土
诧异地望着郁郁群山
河边挂满浆果的龙葵
一定饱含昔日的思念

秋天的栾树红果累累
在蓝天之下愈加明艳
此时你跃上一块卵石
脸庞仰起如阳光灿烂

愿我们能像小鱼一样
自由嬉戏在每个晨昏
任岁月流云匆匆而过
没谁能惊扰宁静的心

山谷花开

当淙淙泉水流过足踝
有多少梦想之花绽放
你正俯身闻一朵幽兰
笑容灿烂，秀发飘扬

恰似天空温暖的太阳
你的欢乐充满我的心
在枝头歌唱的金丝雀
迷恋谷中蓊郁的山林

当团团雾气将你隐藏
我犹能感到你的气息
即使浓浓的夜色来临
也不能扰乱我的感知

你的宽恕，你的慈悯
内心的仁善无与伦比
翩翩起舞于烟岚暮霭
耀眼的王冠只属于你

秋夜星空

清爽的夜风脉脉含情
徐徐进入神秘的星空
谁会晓得秋夜的思绪
一束夜来香香气更浓

你的美使我忘了烦恼
静看星辰在宇宙漂流
澄明空洞。万象虚无
内心的喜悦前所未有

灯盏辉映的雄伟宫殿
白昼之鹰曾飞翔其中
这儿呼唤崇高的举止
伟大的诗人忘情歌颂

宇宙的宝石光芒四射
感恩的情侣满脸泪痕
人生究竟什么最重要
智者可曾回答过我们

梦回昆仑

脚踏飞轮，手摘彩云
你从天而降光彩照人
西来的骏马不再嘶鸣
当你弹起悦耳的桐琴

马上的人儿翻身跃下
全然不顾腿上的血痕
轻轻掸去身上的尘土
终于到达梦境的昆仑

艰苦跋涉有谁能理解
唯有你与我心心相印
圣洁的雪莲因你盛开
无数雪峰映现两颗心

世上什么最令人忧惧
只有匆匆逝去的光阴
就这样相依携手一生
云霞中度过每个晨昏

雪夜竹林

不知天地有几重风景
雪夜的竹林至美纯真
夜风在这儿停下脚步
提醒无数迷惘的世人

今夜在林中短暂停留
冰雪翠竹无限的宁静
丑恶与卑劣终被冻结
美好与崇高得以畅行

深吸一口清爽的空气
万古的悲愁随风散去
紧闭的心扉洞然开启
灵魂在此得到了祝福

宛如踏进九天的入口
雪上的佳人前方引领
其中必有更高的境界
终会到达永久的光明

日光城堡

引人赞叹的日光城堡
多少圣贤曾在此驻足
涤除世界的贪婪丑恶
一颗心自有千种欢愉

岩石闪耀古老的荣光
明净的日光直射内心
天空的巨鸟俯身飞落
寻找已然失落的黄金

让纯净的心从此开始
今生或许已耽搁太久
重生的快乐来自天空
柔顺的风把我们挽留

在万束光中缓缓前行
感觉从未如现在轻松
因我们在此寻到真理
寻到真理且抱一而终

寂静山林

当郁郁山林奇花绽放
迟钝的我们还不知晓
若非是你柔声的呼唤
不知还要到何方寻找

这儿没有阴霾的遮盖
唯大片阳光从天而降
泉水从山中曲折而下
带来无数花儿的梦想

当我听见清脆的鸟啼
感觉从未有过的欢欣
它隐含多少智慧宽仁
浸润山林美妙的晨昏

仰视鸟儿简单的窝巢
把心头琐事全然忘怀
山林宛若硕大的磁石
引朵朵白云倾慕赶来

山谷樱林

幽静的山谷树木婆娑
溪水流过青褐的巨石
鸟儿欢唱在樱桃树上
直到你轻轻攀上树枝

欢声笑语，满口余香
仿佛进入奇妙的天地
在我的额头轻轻一吻
饱含着多少柔情蜜意

凤蝶飞舞在水面花丛
留恋野蔷薇白花簇簇
举着盛满红果的小篮
白云已遮住来时道路

但愿我们能长留此地
世事变迁却难遂心意
多少年后孤寂的时光
仍闻到你淡雅的气息

同去看海

蓝澈的海湾白浪涌来
拍打环绕你我的岩礁
亿万年前的七色卵石
请指引我们消除困扰

无视远离的异国船队
岸上的儿童嬉戏欢笑
大团的云朵停落树梢
静静伏着如温顺的猫

深爱这儿的天空与水
似玉无瑕，纤尘不染
没有一丝阴谋与罪恶
更无些许嫉妒与贪婪

树与花都在享受阳光
贝壳在沙滩留下吻痕
在生命不尽的祝福中
忘却时光远去的车轮

月光之吻

月光在小楼上空流泻
梦中人可否如约而来
山川险阻或许在中途
今夜昙花已为你盛开

当温柔的你云中降落
缓缓到床前为我疗伤
仿佛赐我重生的力量
竟从此又能浅吟低唱

花香淡淡，树影沉沉
清风进入你我的呼吸
吹去世间繁杂的文饰
呈露彼此内在的真实

星辰进入美丽的花园
把儿时的梦悄悄唤醒
山下的海湾灯光点点
爱侣心中已满是光明

绝美海岸

当你的荣光今日重现
宛如又回美好的往昔
它就浮现在金色夕晖
与充满追忆的目光里

河流入海处白鹭飞舞
圣洁纯美，一往情深
陪我欣赏海边的风景
梦中的景象愈是逼真

当你的荣光今日重现
曾经的伤痛渐渐平息
一路行走于金沙海岸
重新感到生命的新奇

沙滩细软，海浪微兴
两行足迹消逝于潮水
无数情语被遗忘风中
只记得你说永远相随

峡谷落日

一切似乎都未曾改变
任凭远去了千年时光
壮美的山河就在眼前
不知为何我如此感伤

是谁将天际染成金黄
可是悄然西去的红日
俯视河流从峡谷穿过
河水中可有你的泪滴

暮色沉沉，葡萄架下
独自饮一杯葡萄美酒
酒中闪映出你的容貌
一颦一笑化作千古愁

你我相逢在人间胜境
匆匆百年就未曾虚度
直到死亡将至的秋天
我仍虔诚地为你祝福

海湾日暮

谁相信世间绝伦的美
就呈现在我们的眼前
当夕阳缓缓落入烟波
空阔苍茫唯天海相连

深红浅碧蕴含的神韵
或许唯有海风能知晓
仿佛又回到若干年前
那个黄昏你倚筑听涛

一尘不染，遗世独立
谁忍心惊扰它的宁静
有种感情会穿越千年
历尽风霜而愈加坚定

我们忘记了身在何处
海鸟低翔，涛声阵阵
岁月的忧伤渐渐平息
只留下饱含深情的吻

岛城庭院

皓月当空，繁花满树
悄悄走过海边的石径
玫瑰花藤蔓爬上短墙
夜空划过欢乐的流星

悦耳的琴音顺风流散
让前来的我满心欢喜
竟全然不觉槐香淡淡
小院中轻喊你的名字

倚窗开处，果然是你
双眼中满是深情厚谊
又将美德与真理融合
在尘世中更无与伦比

妩媚的笑容经久难忘
沉浸其中，美的极致
不知海边有多少鸥鸟
今夜留宿岛城的岸堤

水灵山岛①

雾生云降，涛飞浪走
终于到达人间的圣地
恍惚若画梦里曾相逢
看岛上桐花满身欢喜

青藤布满古老的岩石
飞鸟留恋红褐的崖壁
万里清波相望两茫茫
水灵山岛仙侣自依依

多少年月的聚散漂泊
你的笑容时刻在心中
站船头笑看飞鱼巨浪
归心似箭又海雾重重

已不记得几间海草房
已不记得有无鱼骨庙
却记得暮春白衣少女
海岸桐林，正吹螺哨

---

① 水灵山岛：又称灵山岛，位于青岛西海岸新区境内，是我国北方第一高岛，有“海上画屏”之称。

冬雪海日

海上的红日光芒万丈
百艘巨轮正破冰前进
不久将与你日边相聚
晶莹的世界抚慰我心

黄帝仙山擂起夔皮鼓
麻姑海岛捧上灵芝酒
助威逆风前行的勇士
暴雪严寒也誓不回头

同仇敌忾宝刀杀水鬼
齐心协力搭箭射鱼妖
天地间唯有正义无敌
卑劣者终将放声哀号

光明的海日召唤我们
船队急行在粼粼海面
道路的艰辛算得什么
当你露出欣慰的笑颜

紫微垣

灿灿黄花，青春岁月
笑语南行伴洞庭鸥鸟
当日鬓云香雪无尽期
未解浮萍世事多寂寥

可曾记得北海的鲲鱼
化为鹏鸟仍念旧容颜
温语呼唤惊岛城残梦
推窗细看唯雾锁千山

火星来客问女史星官
归时已到而星河渺渺
如何能再睹你的风采
心定志坚不管路迢迢

钢琴无罪任彻夜急弹
淡月疏星心上人不见
暗灯独坐谁会治相思
痴心夜夜寻遍紫微垣

你的使者

太阳仿佛遗漏的黄橙
从你指间滑落地平线
只因无缘再见的忧伤
消瘦了东方郁郁青山

山路上飘出数团萤火
前来映亮幽幽的大地
正因你的使者的光明
深深的夜色退避不及

我大声拦阻你的使者
此时虫鸟正饥寒交迫
请慈悯的你早日归来
抚慰长夜闭合的花朵

可是她缓缓飞向山坡
未曾留意寂寥的农舍
唯有几颗清冷的小星
俯视晨间青绿的原野

白荷

浓艳的杂花恹恹欲睡
我来寻觅梦境的娇颜
似玉的花苞来自九霄
带来万千星辰的祝愿

硕大的花瓣彩蝶飞舞
阳光在其上流连忘返
有多少行人水边驻足
怀疑自己是否在人间

荷叶的风韵如诗似梦
若亭亭少女沐浴清风
谁还会困于日常琐事
把忧愁忘却快乐驰骋

花儿渐笼黄昏的薄雾
可曾感觉将至的微寒
愿你我相拥一片素美
度过夏日长长的夜晚

梦回盛唐

悠长的道路擦肩而过
回首寻觅梦中的身影
若知生命能如此美丽
谁会吝惜如火的激情

凤凰飞舞，骏马奔腾
百姓欢呼澄澈的江河
为何我仍在痴痴等待
岁月匆匆该做什么呢

未能呈献独有的歌赋
未能留在绚烂的花丛
远处的山峦脸色阴沉
渐渐隐于昏暗的天空

夜间听到清风的笑语
可是迎来盛唐的晨曦
悄悄回到坚实的大地
为你编织五彩的霞衣

给母亲拨电话

远方的电话仍未应答
而此时母亲应该在家
顿时茫茫把可能想遍
默默祈祷她如意平安

白发如霜忽已在眼前
儿子曾为你做过什么
反应迟钝我有过苛责
脚步蹒跚我未曾扶过

远方的电话仍未应答
而此时母亲应该在家
秒针缓慢似乎嘲弄我
为什么不在她的身边

生出翅膀吧飞回小院
看母亲此时在做什么
亲手替她整理好床铺
就像她对待儿时的我

真实的世界

这是多么真实的世界
傻瓜误认为它是虚幻
池面扭曲的影像消失
薄情的白昼已经疲倦

是谁使世界变了形状
是风还是狡谲的光线
对于疑问他无暇思索
一心寻觅至美的花园

面对如此真实的世界
虚幻使傻瓜多么悲惨
多像沉在海底的客轮
不能再见来时的堤岸

我尊重我永远的朋友
他向铁块和岩石挑战
我看到他额头的鲜血
滴落尘埃飞扬的地面

时光虚度

多少清晨我仍在沉睡
而你悄悄从大海前来
山林拥抱清爽的海风
石隙的黄花随之摇摆

你给予我不尽的柔情
也未曾忘记时时鞭策
朝阳突破阴郁的云层
金色的光芒洒遍山河

我因虚度的时光悔恨
加倍颂扬你迷人的美
不要随风消逝在尘埃
否则有人会伤心流泪

我对你的爱永不止息
即使死亡来把我相约
那时必有一只灰喜鹊
在天空为你吟诵诗歌

秋 蝶

大地飞出华美的凤蝶
那是冬天之前的至美
对紫槭红枫轻声耳语
请不要因凋零而颓废

草丛冥想，花间曼舞
整个秋天仿佛是错觉
这分明是希望的季节
生命之中明媚的三月

秋日的宠儿风采不凡
空中展现高贵与尊严
追梦更加高远的天空
夜晚来临时群星璀璨

眼看黄昏它就要离开
爱啊请不要吝啬表达
朝生暮死，何其短暂
谁忍心辜负似水年华

来自太阳部落的人

皓月清辉，长风紫露
绝非仅是心灵的慰藉
她时刻牵动我的呼吸
提醒寻觅永恒的欢乐

今生就是昨天那一刻
当偶然看到她的双眼
其他都已经无足轻重
谁能经起心灵的震颤

那一刻为何如此神奇
仿佛来到崭新的天地
山岳愈高，江河愈阔
她已经使我意乱情迷

来自太阳部落的人啊
唯有她使夜不再昏黑
今生就是注定为了她
唯有她使我紧紧追随

星夜狂歌

人生一瞬，欢乐几多
刳木为舟，泛于江海
翻卷的云下志士狂歌
今夜远离俗世的尘埃

起伏的大海茫茫无际
不知岛中少年已白发
昂首饮尽百年的陈酿
以猪为饵，星夜钓鲨

恍惚间如有箫声入耳
翻动十万顷龙出碧海
呼气为云，低啸如雷
神秘的天地为之洞开

一去四十年月出我心
奔流九万里银河入梦
慨叹什么艰难与苦恨
狂歌必有绚烂的人生

黎明之歌

阴沉的夜色即将远去
欢快的黎明就要来临
海上的朝霞已然升起
痛别千年沉睡的光阴

收拾行囊，准备出发
此生超越从前的自己
当神秘的力布满全身
伟大的开端从此开始

一心创造生命的奇迹
不管今生海角与天涯
为了使命而奋勇直前
唯愿回首时世界如花

阴沉的夜色即将远去
欢快的黎明就要来临
早晨昂起高贵的头颅
多少脸庞会灿烂如金

忆江南

你这样使人惊喜满怀
我的心怎会依然冷漠
欢欣的细雨如丝如缕
缠绕江南的晨昏日夜

桥边饮尽一杯三白酒
荡开碧波，乘舟远去
泰山崂山，西湖南湖
道路遥遥而我心如故

粉墙黛瓦水畔的人家
北方的长夜犹难忘记
生命中万千花儿绽放
只为杨梅般酸甜的你

恍惚你撑伞款款而来
谁能让时光暂停飞逝
一个缠绵的梅雨季节
同时进入我们的梦里

春山落雨

奇峰耸入缥缈的九霄
似与我一同将你寻找
唐槐宋柏可能被遗忘
却难忘你的回眸一笑

也许来自悠远的时空
风中有你独特的气息
杨树林与我一起感觉
从未感觉的心旷神怡

淅淅沥沥，点点滴滴
滋润千年等待的岩石
山亭下的我蒙眬望见
沿溪水撑伞闲步的你

春雨涤尽世界的尘埃
同时使我心得到归宿
把每一分钟变做黄金
临终献上独一的礼物

失去

像风消逝，如雾消散
美妙的身姿再难寻觅
她对我竟是如此重要
仿佛珍贵的水与空气

我何时觉出她的珍贵
声声苛责无情地冷落
不理会她的痛苦忧伤
付出太少而索取太多

清晨是她悄悄唤醒我
黄昏是她温语抚慰我
有时忘记了她的存在
是谁拨旺炉中的炭火

像风消逝，如雾消散
天地竟然将你我隔离
一弯冷月倦怠地前行
怎会聆听地上的叹息

夏夜的幽蓝

亿万年前的奇谲瑰丽
今夜呈现在头顶上方
荡来的彩云恰似薄纱
轻轻遮住美人的脸庞

明月穿行在幽邃夜空
无穷的智慧因你觉醒
再无人为划定的疆域
任月光之马纵横驰骋

青鸟来自五色的星辰
将你圣洁的信物衔回
告知我关于你的起居
令人神往的外星山水

让此情永存我的诗句
曾经共有的夏夜幽蓝
相逢不是生命的偶然
将锦书陈艾寄入云端

雪裹珠山

唯美的雪花飘飘洒洒
尽情展示内心的明丽
空旷的山谷静寂无声
仿佛只有你我的呼吸

争先恐后从云端降落
亲吻山谷的每处肌肤
怀着一种深沉的爱意
轻轻地覆满山石古树

清爽的空气沁人心腑
足迹留在洁白的道路
漫山飞雪中欢呼跳跃
接受来自上苍的祝福

石洞的篝火温暖明亮
余生梦里总将它忆起
对面的山峰更加妩媚
恰似风雪中素雅的你

草原之河

苔草的根系吸足水分
叶片闪出碧绿的光芒
温暖的阳光充溢草丛
你我在其中欢舞歌唱

河流带走往日的忧愁
雀鸟衔回春天的梦想
这些年不觉岁月匆匆
梦境的百花依然盛放

亮丽的星辰潜行水底
一路寻找巨龟的宫殿
曾经的欢聚刻骨铭心
而今夜一切如梦如幻

最美的人儿已然远去
小虫陪我吟啸于夜风
奔涌的河水会有终结
深沉的爱啊绝无止境

溪边漫步

清溪水底有层层落叶
山峰远处唯淡淡白云
我们已寻到美的极致
谁还能为它增色一分

阳光照耀你我的身躯
山涧鹧鸪声传来耳际
凤蝶飞过簇簇蔷薇花
停留水面若翩翩天使

注意聆听鸟雀的啼鸣
仿佛充满爱情的期待
声音饱蘸激情与喜悦
引领我们去拥抱未来

海上的季风越过山岭
也在追寻隐藏的梦想
就在今朝，就在今朝
所有梦中的花儿绽放

夏日丘山

风从海上向你我奔来
身上还有海鸥的气息
带来多少真挚的祝福
被夏日丘山藏在心底

笔直的杉树激情似火
感染周围无垠的土地
有野兔匆匆跑入其中
它的美令人屏住呼吸

耀眼的荣光指引我们
在郁郁丘山敛起心神
何必因一片落叶伤怀
要及时拥抱整片山林

溪水似时间永无止息
缓缓从丘陵密林流过
新鲜的视角总有惊奇
带给追寻幸福的你我

黄昏蓝莓园

淡淡的夕阳悬在半空
蓝色的宝石缀满枝条
一只飞向远山的青鸟
时时忆起园内的欢笑

酸涩甜润，嬉戏追赶
共同期盼收获的明天
摘一颗放入你的口中
饱含多少真诚的祝愿

多次仰问海上的季风
你是否依然壮志豪情
还在远方为生存奋斗
还在远方为尊严抗争

采摘果实的工人远去
黄昏我独自为你奔忙
制作蓝莓干等你归来
细细言说，慢慢品尝

大漠胡杨

楼兰首领曾奔驰畋猎
而今此处却空旷寂寥
唯有几株高大胡杨树
精神饱满，直上云霄

唐宋日升，明清月落
痴心演绎不朽的神话
经过千载的风霜洗礼
依旧在晨昏笑傲黄沙

铁骨铮铮不死的英雄
怀念不忍分离的骏马
化成一片树叶的金黄
遥相问候灿烂的云霞

曾有红木船顺流而下
而今已不见水的痕迹
树干流出白色的泪滴
可是因为古国的往事

巨砾海滩

或是仙人遗落的弹丸
不知多少年静守沙滩
当我们来到神秘之地
它历经多少沧海桑田

一大群企鹅摇摇摆摆
幸福地踱在石侧海边
祝我们远离战火纷争
携爱侣游于天地之间

骑巨龟畅游茫茫碧海
遥问夜空灿烂的群星
岁月匆匆如白驹过隙
究竟应度过怎样人生

触摸砾石粗粝的脊背
仿佛怅然若失的海风
彼此激情如火的内心
是否会轻松阻断归程

幽谷槐香

幽静的峡谷槐香淡淡
无数块岩石刻满相思
你曾有多少欢声笑语
水岸青石都留下痕迹

红袖添香，餐叶衣云
夜晚的群星送来祝福
若干年后却云遮雾绕
无法找回来时的道路

虔心洗去身上的泥垢
瘦削的旅人神采焕发
晨昏日夜间苦心寻觅
即使知道此生也有涯

草丛的彩蝶翩翩起舞
在那时光静止的王国
谷中的女神无由得见
一朵朵槐花飘落水波

海岛月白

热情的岛主遣鹤为使
邀四海英雄共听天籁
清风掠竹，细浪轻拍
一轮明月升起于沧海

一尘不染，澄澈光明
仿佛来自另外的时空
饱含不尽的怜惜爱意
默默抚平内心的伤痛

当你从月中翩翩降临
古老的岩石泛起荣光
慈蔼的你洒万缕清辉
抚慰世间憔悴的面庞

今生我还要等待什么
此刻已明白一生所求
愿如你一样光芒四射
为众人驱走万古悲愁

月涧清流

乔松错落，杂花满树
归巢的鸟雀满心欢喜
暮霭中突破千重束缚
终于踏上清凉的土地

涧水无心流过青草丛
静卧的河龟悄然入梦
草泥中不管寒来暑往
天地间独抱一腔至诚

坐在青石上仰望苍穹
山涧中一轮明月升起
八十万里登月已成真
银河漫步不知是何时

月色溶溶洒无限光明
意气高洁你飘飘欲举
牵手沉醉于人间美景
有逍遥客已忘记归途

紫藤花海

灿若云霞，恍如梦幻
又走入潭边紫藤花海
难忘曾有的烟雨暮春
最美花容为我们盛开

饱蘸激情的繁花簇簇
可曾探知你再来采撷
只是无声处暗香浮动
开落间盼你回眸一瞥

若能与你多说一句话
多少梦中会欣喜欢快
若能与你多处一刻钟
也不会如此感念伤怀

孱弱的弄蝶有心无力
育雏的飞鸟四处奔波
唯有飘逸的白云朵朵
或能捎去火热的情歌

湖边私语

此时的天际云霞灿烂
白鹭飞过你我的身边
四周浮动淡淡的花香
牵手缓行已忘记时间

忽觉此处竟如此寂寥
这是人们共有的家园
还有多少人被阻归途
多少人还未得偿所愿

也许经久不散的雾霾
为他带来无尽的烦恼
细瞧那些憔悴的脸庞
已难露出甜美的欢笑

誓愿与你乘清风返往
引他们到达圣洁之地
沐浴如同梦幻的霞光
内心明净，宛若琉璃

崂山落日

足下的云海波澜壮阔
你英姿飒爽从容走过
绚美的风景今日重现
世间众生可还在疑惑

这是如何发生的奇迹
所有的峰峦沐浴金辉
我正如盲者重见光明
为庄严气象感恩流泪

巨鸟衔着飘舞的衣袂
多想再把你挽留一刻
谁知那时光总是无情
耸峙的灵石唱起离歌

当你返回海上的王宫
一时黯淡了无数山崖
暮色中道长走下石桥
与松柳隐入蔼蔼烟霞

当薄暮我们目光相遇

当薄暮我们目光相遇
一切竟如此澄明美好
从茫茫碧海远来的你
多少夜中曾把我煎熬

睫毛上星月光芒闪烁
洒向孤寂的高原古塞
可知我此生坚守于此
岁月如流而痴心不改

雁荡山中，昆仑隘口
丝丝缕缕无数风与月
光辉普照的山河大地
终于赐我永恒的欢乐

当薄暮我们目光相遇
你我的心已合二为一
在绽放凋零的苦旅中
拥淡淡花香再不分离

初夏

最喜晚晴天红霞似练
漫步长河看众鸟归巢
不管人间的风云变幻
相视一笑即天荒地老

念往昔江南塞北温情
而今日独对万里风涛
爱她恨她都已成追忆
登楼四望唯连天碧草

多情的鸥鸟邀约玩伴
展翅飞临长长的海坝
或许她仍在海岛渔村
随手扬起温暖的细沙

已知我心她温语宽慰
万物有归时何必牵挂
磊落心田常种植花树
生命便时时如沐初夏

洋槐花香

洋槐花香已不再浓郁
我仍未寻到一个词语
你的美丽我怎能形容
纵使诗仙也无处求助

多情的雀鸟枝间跳跃
伴着暖风欢快地歌舞
采蜜的蜂儿迟迟不返
也许此时忘记了归途

徐徐进入槐花的梦境
难以忘怀甜美的柔唇
沉沉的暮色就要来临
怎样使文思不再迟钝

云中的雨燕已返窝巢
树旁的我仍苦苦搜寻
当愚笨的我吟出诗句
多少村落已陷入黄昏

故乡的庭院

——致祖母

夜雨潇潇，蟋蟀鸣唱
仿佛已逝的少年时代
经过多少孤寂的旅程
悄悄到我的梦境中来

几时攀上高大梧桐树
此生仿佛可摘云与月
毫不顾念祖母的忧虑
繁枝茂叶间全是欢乐

难忘你拿来刺槐花饼
梦中还有淡淡的花香
一时又为死去的兔子
扑入你怀中神情沮丧

院内的石榴大枣红了
何时再与你一同品尝
从瓦檐上垂落的雨滴
至今仍为你郁郁神伤

（写于祖母诞辰百年之际）

春涧花开

泉声唤醒沉睡的内心
春风暖暖与你我交融
危岩陡立，白云过涧
看山河已是柳绿花红

烂漫的春花水边盛开
悠悠岁月中静吐芬芳
蝌蚪摆动稚拙的身体
欢游浅水处享受阳光

当牵手走过绿石古桥
灵动的飞鸟已过山冈
它们指引神秘的居所
黄衫已去唯有影茫茫

让你我的心日夜澄明
安然度过静好的时光
分分秒秒都如此珍贵
只因我们相爱不相伤

长河月夜

读友人高女士文章，有感于其体味《春江花月夜》大美之深，引发我诗思无限，吟诗一首，且作读后感。

鱼背的仙侣随波已至
相约共探长河的奥秘
暗香浮动，星月满天
夜色中吹动紫玉长笛

英明的帝王化作星辰
注视烦恼迷惑的臣民
指问千年东去的大河
谁能再睹汉月与楚云

无数喜与哀随它逝去
智者心中已没有疑问
内心与天地一片光明
此时的宇宙洗净烟尘

与仙侣一起抚摸月光
随月华流过群山碧海
随月华到达幽幽翠谷
静候一丛百合的盛开

夏夜萤火

萤火游入曼妙的青藤
似流星叩问茫茫世界
美妙的图景使人痴醉
身在其中听私语窃窃

窗外的夜风更显温柔
抚慰我们让意马停歇
此时就这样遗世独立
看萤火微微时亮时灭

请不要问有什么意义
一开口时便愚蠢万分
与夜色星空浑然一体
恍惚间忘记还有此身

经过三百晨昏的等待
才有今夜激情的释放
千点萤火在林间草地
闪映清凉夏夜的荣光

栗树时光

多么美好，多么静谧
栗树与人共有的时光
巨石树阴虽短暂相逢
已心意相通难舍难忘

板栗果球坠落青草丛
少年嬉戏寻找的欢乐
久久萦绕在你我心头
又仿佛甘泉永不枯竭

山莺赞叹年迈的我们
历尽关山，于此相聚
我们祝福清澈的溪水
流向无限光明的国度

旅途中你我稍事休整
之后又纷纷奔向远方
随季风追赶白云朵朵
其上一定是灿烂的光

与父母漫步

江水流逝，黄叶零落
世间一切都快如闪电
谁会知晓此刻的欢忧
这与财富或权位无关

一心将这仅有的时间
凝作此生珍贵的回忆
何必到自己白发苍苍
才来体会至爱与忧思

走过湖边，走过竹林
采日月光辉温暖自心
寻找内心真实的欢乐
并且将其分享给他人

看到他们会心的微笑
犹如再现儿时的景象
那一天也是日暮时分
幼时的我看到的模样

暴雨后的夏日黄昏

大片的金云向西驰去
不曾俯视脚下的群山
毫不理会渐浓的夜色
一心为你而辉煌绚烂

深紫浅黛，淡橙浓墨
全力融汇在苍天碧海
释放今生的激情梦想
无愧一个复兴的时代

暴雨冲刷尽丑恶卑劣
纯美天地间碧荷高举
振奋的蝉儿柳梢放歌
港口的巨轮驶向征途

有铃声提醒你的微信
正是一张今晚的美图
你一定也在欣然赞叹
奋进的人儿不会孤独

东汉军魂

夜读《后汉书·耿恭传》，读至“虏兵追之，且战且行。吏士素饥困，发疏勒时尚有二十六人，随路死没，三月至玉门，唯余十三人。衣屦穿决，形容枯槁。”慨然作诗。

汉家神箭，首退匈奴
绝地涌泉，再退敌兵
固守边塞的志勇节操
黯淡了多少大汉群星

拔剑高呼不为汉家耻
趁雨夜奔袭与子同仇
直冲敌阵的英雄豪气
穿越两千年鲜活依旧

凿山为井，煮弩为粮
相偎着抵御瑟瑟寒风
范羌有信，援军已到
二十六壮士泪洒孤城

回首向西，疏勒已远
玉门关大开紫铁关门
一匹昂首阔步的骆驼
傲视边关万里的风尘

冬日山谷的耐冬花

耐冬花永远吸引我们
深山更深处峰回路转
山谷冰瀑边静气凝神
恰似多年后赴约相见

当你的目光穿过密林
相遇雪中升起的火焰
当无与伦比的美呈现
惊讶的我们忘了语言

远处的山峰俯身忏悔
巨石仿佛已入定千年
青石路我们欢快行走
与两侧松竹彼此相安

全力寻找天地的钟爱
踏雪前行，甘冒严寒
漫天大雪中悄悄绽放
凝视着忽觉春意盎然

月辉在身

月辉在身，花香满院
此刻把伊人悄悄忆念
不扰不惊，无忧无虑
回首此生已风轻云淡

晨昏在院中暗自修为
粉色的花瓣冰清玉洁
让美善之花恒久开放
即使所有人并不理解

在山巅看更远的风景
渐渐和天地融为一体
积累美德，纯净内心
即使有人仍嗤之以鼻

你是否轻轻走下楼梯
赏此情此景让爱萌发
静夜沉沉，浮光蔼蔼
无数彩云正列队回家

少年时光

皓月清辉中吹笛一曲
暂且把愁思付予轻歌
岁岁年年，暮暮朝朝
无法再来的少年欢乐

任尘世变迁我心不变
那个黄昏曾与你相逢
玉臂星眸如电光石火
再回头已是月色朦朦

唯愿此生我们心不老
把胸中美好无私奉献
除尽此身的烦恼污垢
与万千飞鸟再上长天

唯愿此生我们志未消
伴旭日朝云策马出发
绝壁云住，碧海潮生
负重前行路莫负烟霞

琅琊往事

沙岸浅水你击扬浪花
绚烂的光阴定格海边
碧海茫茫，死生契阔
不能相见已近二十年

浅笑俊眉，欢声耳语
多少年后仍执意求索
灵山湾雪，琅琊台月
今夜独赏有丝丝寂寞

这些年月我扪心自问
可曾为爱而义无反顾
或因俗世的些许刺激
就已放松手中的幸福

这些年月我扪心自问
可曾为爱而心无旁骛
不论寒暑，不分昼夜
只行好与你相守的路

我愿是……

我愿是一角木瓦房檐
容纳一双筑巢的雨燕
当夜幕降临星月在天
静候它们快乐的呢喃

我愿是一丛无名碧草
蚂蚁在叶间嬉戏追赶
遗忘星球的腥风血雨
当我化成可爱的家园

我愿是一株峭壁孤松
笑看白云舒卷在蓝天
曾傲视多少狂风冷雨
因那只苍鹰屡屡盘旋

我愿是一抔黑黄沃土
任草种生根爬出地面
耐心穿越一段段时光
展开数枚朴素的花瓣

张家楼[1]·红枫林

相视一笑，携手林下
炫美的时光你我相逢
飘飘落入你温暖的手
我愿成为一枚五角枫

你的激情，你的梦想
正将寂寥的秋野点燃
你的笑靥，你的欢歌
唤醒千年守候的群山

停车的杜牧举杯邀饮
百年盛唐闪耀黄玉杯
当夜色鲸吞满目斑斓
有人醉于林下的月辉

多少人物已转眼成空
唯有卿卿在我心永恒
莫等红黄飘零才追忆
追忆油彩小镇的红枫

①张家楼，位于青岛西海岸新区境内，有画院和大片红枫林。

登琅琊台

秦皇品酒，汉武吟诗
已是两千年风云变幻
琅琊台上无琐事萦怀
海天一色有山花烂漫

龙湾射鱼处海涛依旧
文治武功成当今镜鉴
浓而不烈，低而不淡
且饮醇酒在碧水云边

无数来此安顿的心灵
渐行渐远俗世的喧嚣
万岁瓦当正思考未来
伴碧海高台美人香草

再饮一杯，再歌一曲
坚守我们内心的骄傲
晨昏你与我倾诉衷肠
不管来而复去的海潮

银杏林小径

情深义重，十指相扣
行过银杏金色的风景
当微风吹尽万千烦恼
秋日的天空一片澄明

困倦的渔船停靠码头
海湾的暖阳照耀田园
此生厌倦了狂风骤雨
在林下与你把酒言欢

十年的岁月相聚几何
尘世的忙碌意义几多
为了内心至美的追求
拥抱无限创意的生活

拾起一枚坠落的白果
仿佛相遇懂你的精灵
交谈海上山间的感悟
再走一程，再走一程

满架蔷薇

你曾在那里拈花微笑
把此生饰得无比妖娆
蜜蜂飞落花朵的宫殿
款款柔情赴你的早朝

每个晨昏都与你厮守
将我的爱全洒向蔷薇
映衬着你娇媚的眼神
依依不舍天色渐昏黑

纯真至善啊无可抵挡
远处的山峰闻香静默
请将看似漫长的岁月
提炼成无数精美时刻

繁花似锦，落花如雨
无常的世界更加爱惜
当夏风吹动青青秀发
每朵花写满你的名字

站在山巅看云行海上

厚重的云层滚滚西来
仿佛王师正列队出征
正气磅礴振奋的时代
马上的健儿各逞所能

开天辟地，俨然一瞬
海上的风涛激情汹涌
裹挟万物创造新天地
英雄辈出时勿问西东

灿烂云霞将逝于何处
滔滔巨浪将止于何日
遗忘白发渐生人易老
一心只为生命的奇迹

当一切消失宛如梦幻
波澜壮阔已深入我心
夜风安慰山巅的半月
精彩的旅途已是奇珍

珠山石室

洁美的石室焕然一新
宛若多年后时空再现
世间谁知晓你我的心
唯有无比睿智的群山

汲山泉水，煮一壶茶
看山岚雾气时聚时散
布谷鸟无心飞过幽谷
赤凤蝶偶然停立花前

与肥遁高士同赏飞雪
与冰玉美人共观山月
醉里不知有几重天地
醒时你和我洗心而坐

相视一笑，举杯品茗
将山间岁月吟为唐宋
将你饱含深情的小令
悄悄藏在宽大的袖中

在月球背面种马铃薯

独自到达未知的领域
几亿年来可有人落足
绚丽风光，岂能独赏
向祖国传回一张美图

引力小了我飘飘欲举
竟在半空中与你相遇
多年后仍记得那约定
去广寒宫送你马铃薯

长生不老，玉质凝肤
此时在月球不再孤独
当马铃薯的白花绽放
你请我捎回万金家书

你悄悄为我准备石窟
请我在其中安心久住
在月后同观星河灿烂
等待飞船赴宴的仙姑

夏末的紫叶李林

当夏风吹过紫叶李林
一片片轻盈红叶飘落
忘记天边云朵的幻灭
青色石径一个人走过

伫立林间已许多岁月
我来陪你度一段时光
皓月光华，一尘不染
圣洁的你如莲花绽放

回想起山前绝美风景
晨昏忍不住满面泪流
悄悄地把爱藏在心底
向前行走就不要回头

当夏风吹过紫叶李林
耳际又传来温言暖语
仿佛你的爱从未止息
漫漫将来路莫忘星图

雪后春山

郁郁松林，山间小径
正午倾听落雪的声音
山坳有池塘静水浮冰
灰喜鹊飞来难舍难分

我们也在这段时光中
牵着手臂，跳跃前行
若干年后你能否感知
曾依偎处已尽是松风

等待一只热心的苍鹭
穿越时空将春心寄你
徜徉谷底看雪化冰消
羞涩的蔓藤亲吻石壁

在你悄悄离开的岁月
立志完成光荣的使命
烟岚雾霭中自有清欢
何必管它星落与日升

山居岁月·夏日

红叶碧桃，大花萱草
骄傲地舒展在小屋旁
不愿困于世俗的约束
隐秘的疆域自有花香

陆龟推远阴沉的夜月
山雀唤来奋进的朝阳
万道金光射入的花园
水露晶莹似造化之王

上樱桃树摘粒粒红果
轻轻放入你嘴中品尝
转眼十年，转瞬一生
草木可留存淡淡芬芳

匆匆逝去的夏日时光
都来不及怀念或忧伤
如闪电曾亲吻过天空
雷声只是悠远的回响

山居岁月·冬雪

松柏坚守古朴的院落
朔雪连天更意气风发
灰喜鹊扑棱一声飞远
呼唤山谷的伙伴回家

你我的身影隐于风雪
寂静的人间洁白似玉
院外老槐正翘足张望
有三两旅人踏上归途

一壶淡茶足以慰风尘
三杯浊酒足以暖人心
山间小屋内相视一笑
把万千愁绪抛向山林

晨昏养一团浩然正气
择日重整行装登五岳
不论辉煌黯淡成与败
只是怕无情岁月蹉跎

桃林深处

日光才去，月光又来
将暖意柔风带至群山
无数朵花儿争相绽放
生命奔涌到海阔天宽

你虽已认清世俗的假
你虽已懂得人世的苦
仍愿似春风轻抚大地
岁岁花开，永不相负

当日出云散宇宙空明
回归至善至美的桃源
我追随你在山林小径
彩蝶飞过你我的双肩

银河的壮士携来酒罐
把五湖四海一一注入
摘大片桃红放入其中
晨昏等候与我们相聚

送子入学父子二人游圆明园遗址公园有感

总有一些人在此警醒
大水法百年断壁残垣
幸存石柱精美的花纹
美的极致，痛的极点

邪恶的巨轮不请自来
满载珍宝又狂笑而去
万千铁骑血洒八里桥
火光映园中一片焦土

远瀛观上空风云变幻
再不见香妃气定神闲
十二生肖铜首今何在
漫漫归国路多少心酸

有游客迷失在黄花阵
听不到古人哀叹凄楚
若风雨再来谁能抵挡
愿你我都成参天大树

2021.09.06

冥王星上的你

难忘记冥王星上的你
引飒飒春风环绕岛城
星光海月，鲜衣怒马
未想几十年就是一生

可曾闲静地等待花开
在樱花树下悄悄变老
又有几人知进退存亡
把大好时光任意轻抛

那些暖阳，那些柔软
那些浮现的泪水欢颜
在一个春日纷至沓来
虽至今已隔万水千山

依然有灵动的灰喜鹊
依然有太阳耀眼的光
看万点樱花你不在时
却是另一番萧索景象

黄金面具

戴黄金面具调皮的你
在秦岭北麓呼气为云
此生去寻另一个自己
内心富足又待人以温

自在穿行于春蕾夏花
山泉细雨，小鹿相追
蒲公英花瓣究竟多少
风中数过一回又一回

戴黄金面具调皮的你
轻放车辇骑鹤鸟而来
听到若无若有的呼唤
不在意经历万重山海

偶遇蚕丛，两心相悦
那是个黄昏红日在山
他缓缓取下黄金面具
露出纵长灵动的双眼

独坐海边

曾经的夏夜星月在天
你我欢笑着走过沙滩
酒店的彩灯绚美柔和
将时光缀饰如梦如幻

温情暖语，恩深义重
海风吹老容颜转瞬间
碧海茫茫，人在何处
远方的海岛静默无言

乘飞碟踏月九霄之上
求星使赐药方以驻颜
驾螺舟入海万米之下
访龙孙问时光可回转

三百六十夜再无清泪
雾气袭来仍独坐海边
谁来慰我心潮音入耳
潮汐可懂世上的悲欢

流波山月

绝美的神女伫立山巅
眺望纷乱依旧的人间
天高海阔，苦恨离别
俗事繁杂虚度多少年

即使满山的黄金美玉
也不及梦中你的笑颜
历尽艰辛今夜喜相逢
执子之手已月在中天

今夜一定要表露心声
否则此生会懊悔悲伤
当甘露降临你的宫殿
异域的奇花迎风绽放

神夔引我们进入花园
忘我呼吸馥郁的花香
月边的彩云缓缓前移
仰望时仿佛梦幻辉煌

你的住所

今日才到达你的住所
回首飞船外星河灿烂
宇宙寂寥，生生死死
白发无悔求与你相见

温泉水流过寸寸肌肤
清洗滞留身体的尘垢
彩蝶别过茂林与紫竹
小鱼游荡无片刻忧愁

有黄蜂引我进入花园
使我在花中再睹慈颜
万紫千红，恍如梦幻
花瓣在光中尽情舒展

玉衡巨门，太阴天马
偶尔讲些路上的悲欢
只因饱含温情的美目
我的生命才愈老弥坚

秋空之蓝

湛蓝如洗，圣洁高远
将无尽的爱洒向山河
大美芳华，转瞬消失
伫立山巅对无边暮色

或许明日她还会再来
仁慈的目光抚慰栗林
听到一个熟悉的声音
悄然入耳，温暖我心

当城中已是万家灯火
有飞蛾送我走下山坡
夜半悲忧，已无人诉
晨间喜悦，更向谁说

或许明日她还会再来
将欢欣布满秋日天域
缀饰飘逸柔软的白云
余生注视便不再孤独